JUDY BLUME

Jugo
de pecas

Ilustraciones de
CRISTINA NAVARRO

Traducción de
MARÍA PUNCEL

Santillana

Santillana

Original Title: Freckle Juice

© 1972 by Judy Blume
First published in Spanish by Altea, S.A. in 1984

© 1996 by Santillana USA Publishing Co., Inc.
2105 N.W. 86th Avenue, Miami, FL 33122

Manufactured in China by Palace Press International

ISBN: 84-372-19299

Para Randy...
la cara pecosa que más me gusta

1

Andrés Márquez quería tener pecas. Nicolás Calleja tenía pecas. Tenía por lo menos un millón. Las tenía por la cara, por las orejas y por el cuello. Andrés no tenía ni una. Tenía, eso sí, dos verrugas en un dedo; pero las verrugas no sirven para nada. Si él tuviera pecas, como Nicolás, su madre no podría darse cuenta cuando tuviera el cuello sucio y no tendría que estarse lavando continuamente, y no llegaría tarde a la escuela.

Andrés tenía mucho tiempo para contemplar las pecas del cogote de Nicolás. Se sentaba en clase justo detrás de él. En una ocasión intentó contarle las pecas, pero cuando llegaba a la número ochenta y seis la señorita Laura dijo:

—Andrés, ¿estás atendiendo?

—Sí, señorita —contestó Andrés.

—Muy bien. Entonces ¿quieres hacer el favor de tomar tu silla y unirte a tu grupo de lectura? Estamos esperándote.

Andrés se levantó a toda prisa. Sus compañeros del grupo de lectura se estaban riendo. Especialmente Sara. Andrés no podía aguantar a la tonta de Sara. ¡Se creía, la boba de ella, que lo sabía todo! Andrés levantó su silla y la llevó hasta el rincón en que estaba su grupo de lectura.

—Empieza, Andrés —dijo la señorita Laura—, página sesenta y cuatro.

Andrés empezó a volver las páginas de su libro. Sesenta y cuatro... sesenta y cuatro. No podía encontrarla. Las páginas se pegaban unas a otras. ¿Por qué había tenido la profesora que elegirle precisamente a él?

Todos los demás tenían ya sus libros abiertos por la página sesenta y cuatro.

Sara seguía riéndose, pero no con una risa abierta y normal, no, sino con risitas estúpidas, y se tapaba la boca con la mano, pero Andrés la oía muy bien. Por fin encontró la página sesenta y cuatro. Justo donde tenía que estar, claro, entre la página sesenta y tres y la página sesenta y cinco.

Si hubiera tenido sus propias pecas no se habría distraído contando las pecas de Nicolás Calleja. Hubiera oído a la señorita Laura cuando dijo que se formasen los grupos de lectura, y nadie se hubiera reído de él.

Luego, cuando sonó la campana, Andrés alcanzó a Nicolás.

—¿Qué quieres? —preguntó Nicolás.

—Oye, verás... tus pecas...

—¿Qué pasa con mis pecas?

Andrés empezaba a sentirse un poco incómodo.

—Bueno, yo... me gustaría saber cómo... cómo las has conseguido.

—¡Cómo las he conseguido! ¡Qué bobadas dices! ¡He nacido con ellas puestas!

Andrés pensó: «Ya sabía yo que éste no iba a querer ayudarme...»

—Vamos, poneos en fila —estaba diciendo la señorita Laura—. Vamos, vamos, es hora de salir para ir a casa. Tú, Andrés, ponte el primero en la fila de los chicos, y tú, Sara, la primera en la fila de las niñas.

¡Vaya una mala suerte! Para una vez que le tocaba ser el primero en la fila de los chicos tenía que tocarle también caminar al lado de Sara...

Cuando estuvieron formados, Sara habló bajito:

—Oye, yo sé la manera de que te salgan.

—¿De que me salgan qué? —contestó Andrés.

—Pecas.

—¿Y quién te ha preguntado nada?

—Te he oído hablar con Nicolás —Sara se pasó la lengua sobre los dientes. Siempre estaba haciendo eso—. ¿Quieres saber lo que tienes que hacer para que te salgan pecas?

—Quizás… —respondió Andrés.

—Te costará cincuenta pesetas. Me sé una fórmula secreta para preparar jugo de pecas —dijo Sara en voz muy baja.

—¿Una fórmula secreta?

—Eso mismo.

La lengua de Sara le recordaba a Andrés la de una rana atrapando moscas. Se preguntó si Sara habría atrapado alguna vez una mosca, ¡había que ver cómo revolvía la lengua dentro de su boca! Andrés estudió con atención la cara de Sara.

—Tú no tienes pecas —le dijo.

—Mira bien, de cerca; tengo seis, aquí, en la nariz.

—Bah... Seis pecas no son nada y, además, casi no se ven.

—A mí me bastan seis. Tú puedes tener todas las que quieras. Sólo tendrás que beber más jugo de pecas.

Andrés no creyó lo que Sara decía. No creyó ni una sola palabra. El jugo de pecas no existía. El nunca había oído hablar de nada parecido. ¡Jugo de pecas! ¡Qué tontería!

Aquella noche Andrés no se podía dormir. Pensaba y pensaba... en el jugo de pecas. En su familia nadie tenía pecas; quizás porque nadie conocía la fórmula secreta. El no había oído jamás eso del jugo de pecas. Y así, claro, ¿cómo iba a tener pecas?

No le hacía ninguna gracia lo de tener que pagar a Sara. Cincuenta pesetas eran un montón de dinero: ¡la paga de dos semanas! Claro que si el jugo de pecas no funcionaba, podría pedirle a Sara que le devolviese el dinero. Eso sería fácil.

A la mañana siguiente Andrés sacó su hucha y giró la combinación del cierre. Cuatro arriba y cero abajo. Tomó dos monedas de veinticinco pesetas. Las envolvió en un pedacito de papel y se metió el envoltorio en el bolsillo. No le quedaba tiempo para lavarse las orejas ni el cuello ni nada. Quería ver a Sara antes de que sonase la campana para entrar en clase.

—¡Adiós, mamá!

—¡Andrés, ven aquí! —su madre fue hacia él tan deprisa que por poco se cae, al pisarse la bata. Los rulos que llevaba puestos en el pelo rozaron la cara de Andrés cuando se inclinó para examinarle las orejas y el cuello.

—Por favor, mamá. ¿No puedo dejar de lavarme sólo por un día? —pidió Andrés.

Su madre dio un paso atrás y levantó un dedo.

—Por hoy, pase. pero mañana volveré a mirarte bien. ¡Y súbete la cremallera del pantalón!

Andrés se miró, ¡las cremalleras eran un latazo!

Su madre hablaba otra vez.

—Esta tarde, cuando vuelvas de la escuela, ve a buscarme a la casa de al lado. Estaré

allí jugando a las cartas. Te daré la llave
para que entres en casa; ¿te has enterado
bien?

—Sí, mamá.

Andrés salió disparado hacia la escuela.
Estaba ansioso por conocer la fórmula secreta. Primero la leería; si no le parecía
buena, no pagaría por ella.

Sara estaba ya sentada en su pupitre
cuando Andrés llegó. Se fue derecho hacia
ella.

—¿La has traído?

—¿Traído qué? —Sara le miraba con los ojos muy abiertos.

—¡Ya sabes qué! La fórmula secreta para hacer jugo de pecas.

—¡Ah, eso! Sí, la tengo aquí —Sara señaló su bolsillo.

—Déjame verla.

—¿Has traído las cincuenta pesetas?

—Sí, las tengo aquí —Andrés señaló su bolsillo.

—No te la voy a enseñar hasta que no me pagues —dijo Sara.

Andrés movió la cabeza:

—No pienso pagarte nada hasta haberla visto.

—Pues lo siento, pero no te la daré hasta que no me pagues.

Sara abrió un libro y empezó a hacer como que leía.

—¡Andrés Márquez! —dijo la señorita Laura—. ¿Quieres hacer el favor de sentarte? Ha sonado la campana.

Andrés se sentó en su sitio y bajó la cabeza.

—Hoy nos toca aritmética —dijo la señorita Laura—. Abrid los cuadernos y empezad a hacer los problemas que están escritos en la pizarra.

Andrés sacó el envoltorio de su bolsillo y

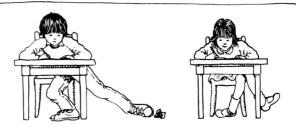

lo dejó caer al suelo con cuidado para que no hiciera ruido. Luego lo empujó con el piel hacia el pupitre de Sara.

Sara sacó una pierna de debajo del pupitre y puso su pie sobre el envoltorio. Después lo fue arrastrando, poquito a poco, hasta que lo tuvo a su lado.

Se agachó rápidamente y recogió el papelito que envolvía las cincuenta pesetas. La señorita Laura no se dio cuenta de nada.

Sara abrió el envoltorio y contó el dinero. Luego sacó de su bolsillo un papel doblado en cuatro y lo tiró hacia Andrés.

El papel voló por el aire y cayó en el centro del pasillo. Andrés se inclinó para atraparlo, pero perdió el equilibrio y se fue al suelo de cabeza.

Todos se rieron, todos... menos Andrés y la señorita Laura.

La profesora dijo:

—Andrés, ¿qué estás haciendo? Tráeme ese papel.

Andrés recogió la notita con la fórmula secreta. Ni siquiera había tenido la oportunidad de verla. No era justo. Había pagado cincuenta pesetas para nada. Le entregó el papel a la señorita Laura. Ella desdobló el papel y lo leyó. Luego levantó la vista y le miró:

—Te daré este papel a la salida —lo dobló de nuevo y lo puso sobre su mesa—. Y no quiero que esto vuelva a ocurrir, ¿entendido?

—Sí, señorita —murmuró Andrés.

—Bien, y ahora empecemos con los problemas de aritmética.

«La señorita Laura no es mala», se dijo Andrés. «Ha podido romper la fórmula secreta o mandarme al despacho del director o echarme de clase.»

Le pareció que la hora de la salida no llegaba nunca. No se molestó en contar las pecas del cuello de Nicolás. Pronto él también tendría sus propias pecas. Por fin, sonó la campana; los niños se levantaron y fueron hacia la puerta. Andrés se acercó a la señorita Laura, que tomó el papel y lo balanceó delante de sus ojos.

—Aquí tienes tu nota, Andrés. Tengo la sensación de que es muy importante para ti.

Pero te advierto que, de ahora en adelante, tendrás que atender mejor en clase.

Andrés tomó la fórmula secreta de manos de la señorita Laura.

—Desde mañana podré atender estupendamente —aseguró—. Ya verá, señorita, no tendré ningún problema.

Andrés fue hasta casa corriendo. Al llegar se acordó de que su madre estaba en la casa de al lado y que tendría que ir allí para recoger la llave.

La fórmula secreta para preparar jugo de pecas iba dentro de su zapato. Al principio, decidió guardarla dentro del calcetín, pero luego lo pensó mejor: «Si el pie me suda, el papel se mojará, la tinta puede correrse y no podré leer la fórmula secreta.» Así que la puso sólo dentro del zapato. Era un sitio bastante seguro. Aunque hiciera viento, no había peligro de que se volase.

Había decidido que no la leería hasta que no estuviera en casa. No quería perder tiempo. Quería llegar a casa lo antes posible. Y, además, tampoco era el lector más rápido del mundo, aunque había mejorado mucho desde que empezó el curso. De todas formas, todavía encontraba a veces palabras muy difíciles.

Andrés llamó en la casa de al lado.

La dueña de la casa le abrió la puerta.

—Hola, Andrés, qué pronto has vuelto hoy de la escuela.

—He venido corriendo —jadeó Andrés.

—¿Quieres un vaso de leche bien fría y unas galletas?

—No, muchas gracias. Sólo quiero la llave de casa.

—Ven, tu madre está en el cuarto de estar.

Entraron. La madre de Andrés estaba repartiendo las cartas.

—Hola, mamá. Dame la llave.

—Andrés, ¿no vas a saludar primero a estas señoras? —dijo su madre.

—Ah, sí. Buenas tardes.

Y tendió la mano para recoger la llave que su madre le alargaba.

—Cámbiate de ropa y juega en el jardín. Yo iré a casa dentro de una hora.

¡Solo una hora! Andrés deseó con toda su alma que la fórmula no necesitase nada que hubiera que cocinar. Le estaba terminantemente prohibido tocar los fuegos de la cocina para nada.

Andrés voló hasta su casa, abrió la puerta, se quitó el zapato y se sentó en el suelo. Desplegó el papel y leyó la fórmula secreta:

FORMULA SECRETA DE SARA PARA HACER JUGO DE PECAS.

Un vaso es suficiente para que salgan bastantes pecas. Para tener tantas como Nicolás Calleja hay que beber dos vasos.

Hay que mezclar las siguientes cosas: jugo de naranja, vinagre, mostaza, mayonesa, mermelada, aceite de oliva, jugo de limón, salsa de tomate, sal y una pizca de cebolla.

Hay que mezclarlo todo bien y beberlo deprisa.

Cuanto más deprisa se beba, más pronto saldrán las P.E.C.A.S

Andrés leyó la lista dos veces. No parecía una fórmula muy secreta. Su madre utilizaba todas aquellas cosas cada día. Claro que no las ponía nunca todas juntas. Quizás ese era el secreto. Bueno, le había costado cincuenta pesetas. Lo mejor que podía hacer era probarla.

Se encaramó en el mostrador de la cocina y abrió el armarito donde estaban guardadas las cosas de cocinar. Encontró allí de todo, menos el limón, que estaba en la nevera. Las cebollas las guardaba su madre en un cesto en la despensa. Andrés saltó al suelo y fue a buscar una cebolla. Eligió la más pequeña. La fórmula decía una pizca. ¿Sería una pizca con piel o sin piel?

Andrés cogió un vaso grande de cristal azul. Empezaría con un solo vaso; después ya bebería otro, si es que quería que le salieran más pecas. No era cosa de beber demasiado desde el principio. Era mejor ir poquito a poco, al menos eso decía su madre siempre.

—Lo primero el zumo de naranja —dijo Andrés.

Llenó el vaso hasta la mitad y le añadió un cubito de hielo. Todas las bebidas estaban mejor, si se bebían frías. Seguro que a ésta le pasaría lo mismo.

Luego fue añadiendo las demás cosas una a una: el vinagre, la mostaza, una cucharada de mayonesa, otra de mermelada, bastante sal, mucha mostaza... Después la salsa de tomate. Estaba muy espesa y cayó de golpe en el vaso, salpicando un poco de la mezcla sobre su camisa. Ahora el aceite de oliva. Su madre tenía dos botellas distintas de aceite, así que tuvo que leer las etiquetas para estar seguro de que era aceite de oliva el que iba a utilizar. Echó varias cucharadas. Ahora el limón. Lo partió por la mitad y lo apretó:

—¡Jo, no! —una pepita había caído dentro del vaso.

La sacó con una cuchara. Le fastidiaba terriblemente que en sus jugos hubiera pepitas. Ahora sólo faltaba la pizca de cebolla. Se decidió a pelarla. La echó dentro del vaso. Lo removió todo bien y se lo acercó a la nariz.

—¡Puah! Tiene un olor asqueroso.

Sacó la lengua y la metió en el vaso para probar aquello. ¡Buajjj!, tenía un sabor espantoso. Tendría que apretarse la nariz para no oler y beberlo a toda velocidad para saborearlo lo menos posible.

La fórmula decía que había que beberlo deprisa. No sabía muy bien cómo se las iba a poder arreglar para echarse aquello dentro del cuerpo. Pensó en aquella estúpida de Sara. Seguro que ella creería que él no iba a ser capaz de bebérselo. Bueno, pues ya vería… ¡Se lo iba a beber!

Se apretó la nariz, echó la cabeza para atrás y se tragó a grandes sorbos aquel potingue, es decir, la fórmula secreta de Sara para hacer jugo de pecas.

Le pareció que iba a vomitar... ¡estaba malísimo! Pero no quería vomitar; si lo hacía no le saldrían las pecas. Así que se aguantó las náuseas. ¡Tenía que ser fuerte!

Se arrastró hasta el dormitorio de su madre. Estaba mareado. Se sentó en el suelo, frente al espejo. Y esperó a que pasase algo.

4

Y enseguida empezó a pasarle algo, desde luego. Primero se puso pálido, luego se puso verde y se sintió malísimo. Le dolía el estómago.

Después de un rato larguísimo llegó su madre.

—¡Andrés, hola...! ¿Dónde estás?

Andrés la oyó, pero no pudo contestar. Se sentía demasiado mal. Sólo pudo lanzar un débil quejido.

—¡Andrés! ¿Qué estás haciendo aquí? ¡Te dije que jugases fuera! ¿Y por qué no te has cambiado de ropa? ¿No te dije que te cambiases?

Andrés lanzó otro gemido.

Su madre le miró a la cara.

—Andrés, estás verde, ¡completamente verde! ¿Te sientes mal?

Andrés dijo que sí con la cabeza. No se atrevía a hablar, porque tenía miedo de abrir la boca y que todo el jugo de pecas se le saliese.

—¿Qué te duele?

Andrés gimió otra vez y se apretó la tripa.

—¡Eso es apendicitis! Seguro que es un ataque de apendicitis. Llamaré al doctor. No, mejor será llevarte al hospital. Llamaré a una ambulancia.

Andrés dijo que no con la cabeza, pero su madre no le miraba.

—No te muevas de aquí. Voy a la cocina a telefonear.

Andrés se retorcía sobre la alfombra, quejándose.

Su madre volvió al momento:

—Andrés, ¿qué has hecho en la cocina? ¿Qué has comido?

¡Se le había olvidado recoger las cosas! Y ahora su madre lo había descubierto todo.

Bueno, ya, ¿qué importaba? Le dolía la tripa una barbaridad.

—Andrés, ¡eres un desastre! Así que te ofrecen leche y galletas en la casa de al lado y dices que no lo quieres. Y en cuanto llegas aquí te preparas quién sabe qué porquería y te la tomas. La verdad es que yo creía que tenías más sentido común. ¡A la cama ahora mismo!

Andrés cerró los ojos. La verdad es que lo de irse a la cama le estaba pareciendo la mejor idea que había oído en mucho tiempo.

Su madre le dio dos cucharadas de un jarabe que sabía a menta. Luego le tapó bien y cerró la ventana.

Quizás las pecas saldrían mientras Andrés estuviera durmiendo. La verdad es que en ese momento no le importaban las pecas ni pizca. Odiaba a la idiota de Sara. ¡Lo había hecho a mala idea!; pero ya vería ella. ¡Y le había cobrado cincuenta pesetas! Algún día se arrepentiría de lo que había hecho...

Andrés empezó a sentirse un poco atontado. Luego se durmió del todo. Y empezó a soñar. Tuvo una pesadilla horrible. Un enorme monstruo verde le hacía beber vasos y vasos de jugo de pecas. Y cada vez que bebía un vaso, al monstruo le salían pecas, pero a él no.

Se despertó sudando. Todavía tenía el estómago revuelto. Su madre le dio otras dos cucharadas de jarabe, y volvió a dormirse.

Al día siguiente, Andrés se levantó, pero no fue a la escuela. Se miró en el espejo: ¡ni una peca! No se sorprendió. A mediodía bebió un poco de té.

No pensaba volver a la escuela. No le iba a dar a Sara el gusto de ver que seguía sin tener ni una peca. Aquella estúpida pensaba que era muy lista. Bueno, pues no pensaba dejarla que se riera de él. ¡No, señor!

Al día siguiente su madre le despertó:

—¡Arriba, Andrés! Lávate bien y vístete. ¡No te olvides de frotarte el cuello y las orejas! —le destapó y fue hacia la puerta.

—No voy a ir a la escuela. No voy a volver a ir nunca más —aseguró Andrés.

Escondió la cabeza debajo de la almohada, pero no le sirvió de mucho. Oyó perfectamente cómo su madre decía:

—¡Levántate ahora mismo y ya te estás lavando! Quiero verte vestido antes de que yo cuente quince —y lo decía con la voz tan seria que Andrés supo que no tenía más remedio que obedecer.

Se levantó y se vistió. Desayunó un pan y leche.

¡No podía dejar que Sara se saliese con la suya! Tenía que hacer algo...

En cuanto terminó el desayuno, corrió a su habitación. Abrió el cajón de su mesa y rebuscó para encontrar el rotulador marrón. No lo encontró; sólo apareció uno de color azul. Se estaba haciendo tarde, así que tendría que arreglárselas con el rotulador azul. Lo metió en su cartera y salió deprisa hacia la escuela.

Un poco antes de llegar se paró junto a un coche aparcado. Buscó el reflejo de su cara en la ventanilla, sacó el rotulador y se cubrió la cara y el cuello de puntitos azules. Desde luego no se parecían a las pecas de Nicolás Calleja, pero eran mejor que nada.

Andrés esperó a que sonase la campana. Entonces entró en clase a todo correr y se sentó en su sitio. Sacó un libro y trató de ponerse a leer.

La señorita Laura dio dos palmadas:

—Silencio, niños. ¡Callaos, he dicho!

Por toda la clase se oían risitas y cuchicheos.

—Bueno, ¿qué pasa? ¿Qué es eso tan divertido que os hace reír? ¿Me lo puedes contar, Luisa?

Luisa se levantó.

—Es Andrés, señorita. Mire la cara de Andrés —y se echó a reír.

—A ver, Andrés, ponte de pie. Déjame que te vea.

Andrés se puso de pie.

—¿Qué te has hecho en la cara?

—Nada. Me han salido pecas, eso es todo.

Andrés sabía que con sus puntitos azules estaba rarísimo, pero no le importaba. Se volvió hacia Sara y le sacó la lengua. Ella le contestó haciendo una mueca con la boca y se le puso más cara de rana que nunca.

La señorita Laura respiró hondo y dijo:

—Sí, ya veo. Bueno, Andrés, puedes sentarte. Ahora, empecemos con el trabajo de esta mañana.

En el recreo, Nicolás se acercó a Andrés:

—Las pecas nunca son azules.

Andrés no le contestó. Y durante todo el día estuvo en clase luciendo sus pecas azules. Un par de veces, la señorita Laura le miró de una manera rara, pero no le dijo nada.

Cuando ya faltaba poco para que terminara la última clase, le llamó:

—Andrés, ¿te gustaría probar mi fórmula secreta para quitar pecas?

Hablaba en voz baja, pero no tan baja que no pudieran oírla todos los niños de la clase.

—¿Tendré que pagar algo por ella?

—Nada en absoluto; es completamente gratis.

Andrés se rascó la cabeza, mientras pensaba.

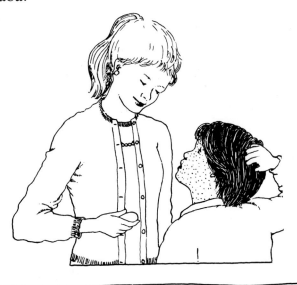

La señorita Laura sacó un paquetito del cajón de su mesa.

—Toma. No lo abras hasta que estés en el cuarto de baño de los chicos. ¿Sabes? Es una fórmula secreta. Una fórmula secreta mágica muy buena; ¿la quieres probar?

—Sí —dijo Andrés.

Le hubiera gustado ir a todo correr hasta los cuartos de baño, pero recordó las reglas: «No se debe correr por los pasillos.» Así que fue andando lo más deprisa que pudo. Tenía unas ganas tremendas de ver lo que había dentro del paquete. ¿Existía una fórmula secreta para quitar pecas?

En cuanto entró en el cuarto de baño, deshizo el paquete. Había una notita. Andrés leyó:

ABRE EL GRIFO.
MOJA LA PASTILLA MAGICA
DE QUITAR PECAS.
FROTATE LA CARA CON ELLA.
LAVATE LA CARA CON AGUA.
SI LA PASTILLA MAGICA
NO HACE DESAPARECER
LAS PECAS DEL TODO,
REPITE LA OPERACION.
A LA TERCERA VEZ,
LAS PECAS HABRAN
DESAPARECIDO POR COMPLETO.

Señorita Laura

¡Bueno!, así que la señorita Laura estaba enterada de todo. Enterada de todo desde el principio. Sabía que sus pecas no eran de verdad, y, sin embargo, no había dicho nada.

Andrés siguió las indicaciones de la señorita Laura. La pastilla mágica de quitar pecas olía a limón. Tuvo que usarla cuatro veces para que las pecas azules desaparecieran del todo. Luego envolvió la pastilla otra vez, y volvió a clase.

—¡Caramba, Andrés, qué bien ha funcionado mi fórmula mágica!

—Sí, es una fórmula mágica estupenda.

—Ahora estás muy guapo. Me gustas muchísimo más sin pecas.

—¿De verdad?

—De verdad.

—¡Seño…, señorita Laura!

Nicolás había levantado su mano derecha y la movía en todas direcciones.

—¿Qué quieres, Nicolás?

—¿Puedo yo también usar esa fórmula secreta? ¿Puedo? ¡Por favor, por favor, señorita Laura! ¡Odio mis pecas, las odio y las odio…!

Andrés le miró asombrado. ¿Cómo podía Nicolás odiar sus pecas? ¡Si eran unas pecas formidables…!

—Nicolás —dijo la señorita Laura—, las

pecas le sentaban muy mal a Andrés, pero a ti te sientan estupendamente. No me gustaría nada verte sin ellas. Son parte de tu personalidad. Así que me voy a llevar mi fórmula secreta. Espero que no habrá que usarla nunca más.

«Bueno», pensó Andrés, «lo que sí es seguro es que yo no tendré que utilizarla otra vez. Ya estoy harto de pecas».

Cuando los alumnos de la clase se pusieron en fila para salir, Andrés oyó que Sara decía en voz baja a Nicolás:

—Yo sé cómo te las puedes quitar.

—¿Quitarme qué? —preguntó Nicolás.

—Las pecas.

—¿De verdad?

—Sí. La fórmula secreta para quitar pecas se conoce en mi familia desde hace muchísimos años; por eso nadie tiene pecas en mi casa. Te la venderé por cincuenta pesetas.

Luego Sara empezó a caminar junto a Andrés hacia la salida. Antes de que él pudiera pronunciar una palabra, ella se volvió y le hizo una mueca horrible. Se le puso la cara igual, igual que la de un sapo.